Storm

Der Armageddon-Reisende

Zeichnungen: Don Lawrence
Assistenz: Liam McCormack-Sharp
Text: Martin Lodewijk

1. Auflage 2002
EHAPA COMIC COLLECTION
10179 Berlin
Übersetzung aus dem Niederländischen: Peter Daibenzeiher
Verlagsleitung und verantwortlich für diese Ausgabe:
Michael F. Walz
Redaktion: Anna Mozer
Textbearbeitung: Etsche Hoffmann-Mahler
Lettering: Kordula Botta
Gestaltung: Claudia V. Villhauer
Koordination: Andrea Reule
Buchherstellung: Uwe Oertel
Originaltitel: STORM «De Armageddon Reiziger»
© 2001, Big Ballon BV, Haarlem – von Lawrence und Lodewijk
© der deutschsprachigen Ausgabe: EGMONT EHAPA VERLAG GMBH, Berlin 2002
Druck und Verarbeitung: Maisch + Queck, Gerlingen
ISBN 3-7704-1131-5

Egal, was Sie sammeln, hier werden Sie fündig:
http://www.ehapa.de

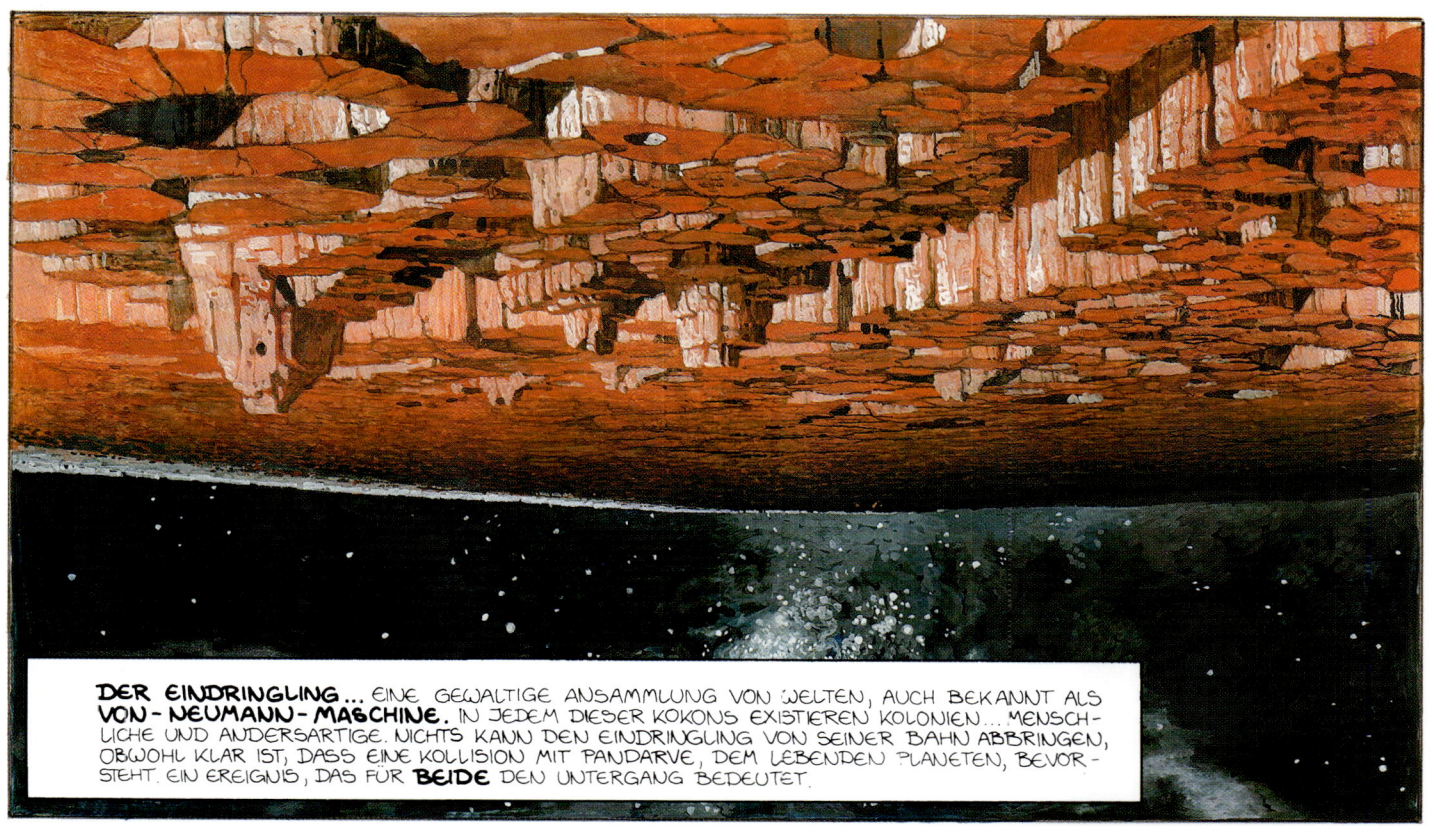

DER EINDRINGLING... EINE GEWALTIGE ANSAMMLUNG VON WELTEN, AUCH BEKANNT ALS VON-NEUMANN-MASCHINE. IN JEDEM DIESER KOKONS EXISTIEREN KOLONIEN... MENSCHLICHE UND ANDERSARTIGE. NICHTS KANN DEN EINDRINGLING VON SEINER BAHN ABBRINGEN, OBWOHL KLAR IST, DASS EINE KOLLISION MIT PANDARVE, DEM LEBENDEN PLANETEN, BEVORSTEHT. EIN EREIGNIS, DAS FÜR **BEIDE** DEN UNTERGANG BEDEUTET.

SEINE OBERFLÄCHE IST DURCH UNZÄHLIGE EINSCHLÄGE VON METEOREN UND METEORITEN ZERKLÜFTET... FAST WIE EINE VORBEREITUNG AUF DIE KOMMENDE KATASTROPHE... **VORBOTEN** DES NAHENDEN ENDES!

BEIM PESTHAUCH VON PANDARVE! IHR SOLLTET MIR DIE ANOMALIE BRINGEN... STATTDESSEN KOMMT IHR MIR MIT LAHMEN **AUSFLÜCHTEN**!

TIEF DRINNEN, WO DIE EINSCHLÄGE NICHT MEHR ZU SPÜREN SIND, GEHT DAS LEBEN WEITER... NEUE REICHE REIFEN ZU HÖCHSTER BLÜTE... WÄHREND ANDERE **VERFALLEN**...

"WIR KONNTEN WEDER EINE SPUR VON DEM FINDEN, DEN IHR DIE **ANO-MALIE** NENNT, MÄCHTIGER MARDUK... NOCH VON SEINER GEFÄHRTIN! OPFER DES GROSSEN BRANDES WAREN SIE... ZU ASCHE SIND SIE GEWORDEN!"

"SCHWEIG, DU SCHMEISSFLIEGE!"

"DASS DIE FRAU TOT IST, JUCKT MICH WENIG! ABER OHNE DIE ANOMALIE BLEIBT DAS MULTI-VERSUM FÜR IMMER VERSCHLOSSEN!"

INZWISCHEN...

"DIE GESCHÄFTE SIND ALLE ZU! IN DER GANZEN STADT KANN MAN NICHTS ZU FUT-TERN KAUFEN!"

"VIELLEICHT FANGEN WIR EINE **RATTE**. DANN HABEN WIR WENIGSTENS WAS ZU BEISSEN!"

"APROPOS... DA HAT WAS ANGEBISSEN!"

"ZIEMLICH SCHWER, DAS DING! ABER ES RÜHRT SICH NICHT!"

"MIT ETWAS GLÜCK IST ES EIN **TOTES PFERD**!"

"GOTT-VERDAMM-MICH-NOCH-EINS!"

2

ICH HABE KEIN BEDÜRFNIS, DEN REST MEINES DASEINS ÜBER DIESE TRAURIGE ANSAMMLUNG VON KOKONS ZU HERRSCHEN. NICHT ALS KÖNIG, UND NICHT EINMAL ALS GOTT!	RAK*EL! ERGREIFT SIE UND WERFT SIE DEN SCHROTTHÄNDLERN VOR IHRE GIERIGEN SCHRAUBENSCHLÜSSEL!	BZZZ... BZZZZZ... BZZZZ...
O HERR, DER DU BIST IN NEU-LONDON... MAN MELDET UNS, DASS EINE FRAU AUS METALL DER THEMSE ENTSTIEGEN IST!	NEIN, HERR, NEIN... WENN IHR MIR DIESEN WIDERSPRUCH ERLAUBT...	VISFIL, MEIN KLEINER FUSSABTRETER, DAS IST EIN GUTER PLAN. KÖNNTE VON MIR SEIN. DOCH, ICH DENKE, DAS IST ER WIRKLICH!

...UND SO SOLLEN DIESE BEIDEN ÜBELTÄTER FÜR IHRE TATEN, DIE AUSZUSPRECHEN GEGEN ANSTAND UND GUTE SITTE SOWIE KÖNIGLICHES GEBOT VERSTIESSE, HIER AM PRANGER VERHARREN, BIS DASS DER TOD IHNEN GNÄDIG IHRE STRAFE ERLÄSST!

HÖR NICHT HIN, VERGIL...DER QUASSELT NUR UNSINN!

ICH MUSS WARTEN, BIS ES NACHT WIRD. SELBST ICH HABE GEGEN SO VIELE WACHEN KEINE CHANCE.

DANN, STUNDEN SPÄTER...

MACH NICHT SOLCHEN KRACH, NOMAD...DIE WACHEN SIND NICHT SCHWERHÖRIG!

ÜBERLASS DAS LIEBER MIR, MEIN FREUND!

TEUFEL AUCH! WER BIST DU?

RAK*EL! ICH DACHTE, DU VERROTTEST AUF DEM GRUND DER THEMSE!
METALL ROTTET NICHT, DAS ROSTET HÖCHSTENS!
DASS ICH MAL SO FROH SEIN WÜRDE, EINE BLECHPUPPE ...ÄH... EINE DAME AUS EISEN ZU UMARMEN!
SPAR DIR DIE SCHERZE FÜR SPÄTER! KOMMT!
?!!
HALT, IM NAMEN DES MÄCHTIGEN MARDUK!
HIHIHI! HEHE!
MIR KÖNNEN DIE KUGELN NICHTS ANHABEN, ABER MEIN SCHÖNER MANTEL IST HINÜBER!
DER HERR WIRD ZUFRIEDEN SEIN! DIE FLUCHT HAT RICHTIG ECHT GEWIRKT!
4

HIER IN DER NÄHE GIBT ES EINEN DURCHGANG ZU EINEM ANDEREN **KOKON**!
DEN KENNEN NICHT VIELE ... UND KEINER WÜRDE ES WAGEN, IHN ZU BENUTZEN!
VERSTÄNDLICH! DIE NATUR IST HIER EIN GANZ KLEIN WENIG ... ÄH ...
SCHNÜFF!
RAAAOORHGHR!
...WILD!
ROARRR!
DA REIN, BEVOR ES ZU SPÄT IST!
KLAP
KLANG
5

SCHNELL UND OHNE WEITERE PROBLEME FÜHRT VERGIL NOMAD UND RAK*EL DURCH VÖLLIG UNTERSCHIEDLICHE KOKONS...

ICH WEISS WIRKLICH NICHT, OB **EIN MENSCHENLEBEN** AUSREICHT, UM DURCH ALL DIE VERSCHIEDENEN WELTEN ZUM **ZENTRALEN KOKON** ZU KOMMEN!

IMMER WEITER LASSEN SIE NEU-LONDON UND IHRE VERFOLGER HINTER SICH...

WIR MÜSSEN **HUNDERTTAUSENDE** UNBEKANNTE REICHE DURCHQUEREN, UND IN DEN MEISTEN VON IHNEN LAUERN TOD UND VERDERBEN!

SO VIEL ZEIT HABEN WIR NICHT, VERGIL! STORM BRAUCHT UNSERE HILFE!

AUSSERDEM WÜRDEN DER **EINDRINGLING** UND **PANDARVE** KOLLIDIEREN, BEVOR WIR NOCH HUNDERT KOKONS WEIT GEKOMMEN WÄREN!

IMMER TIEFER TAUCHEN SIE EIN IN DAS VIELWELTIGE GEWIRR DES **EINDRINGLINGS**...

ICH HAB HIER EINE VERWANDTE, DIE UNS VIELLEICHT WEITERHELFEN KANN!

GLEICHZEITIG, GAR NICHT SO WEIT ENTFERNT...

HEHE! WENN DER ROTE MANN WÜSSTE, DASS WIR EINEN MINISENDER AN SEINEM GÜRTEL VERSTECKT HABEN! SO KÖNNEN WIR IHM UNBEMERKT AUF DEN FERSEN BLEIBEN!

WACH AUF, ROTHAAR, ES IST SO WEIT! NACHDEM ER SO LANGE GESCHWIEGEN HAT, RUFT UNS DER **ZENTRALCOMPUTER** ENDLICH WIEDER!

DIE DATEN, DIE IHR ABRUFEN WOLL-
TET, BEFINDEN SICH NUN IN MEI-
NEM SYSTEM.

PANDARVE IST NOCH IMMER DAMIT BE-
SCHÄFTIGT, FERMATS THEOREM ZU ENT-
RÄTSELN. ABER ICH HABE SIE ÜBER-
REDET, EINEN KLEINEN TEIL IHRES
BEWUSSTSEINS DARAUF ZU VERWEN-
DEN, DEINE KOPIE IN DEN ARCHIVEN
VON DANDERZEI ZU FINDEN!

SIE HAT EINE VERBINDUNG GESCHAF-
FEN, AUF DER DIE DATEN **OHNE ZEIT-
VERLUST** DAS ALL DURCHQUEREN. SIE
KANN DARAUF SPIELEN WIE AUF EINER
VIOLINSEITE.

SCHÖN, DICH ENDLICH EINMAL KENNEN ZU LERNEN!

ICH! ICH MEINE, DU! ICH...

NA, ICH HAB SCHON EINFALLS-
REICHERE BEGRÜS-
SUNGEN GEHÖRT!

KOMISCHES GEFÜHL, MIT SICH SELBST ZU REDEN! ABER LASS UNS
DAS AUF SPÄTER VERSCHIEBEN... NUN DRÄNGT DIE ZEIT! DER COM-
PUTER, IN DEM DU FESTSITZT, HAT FEHLER IM SYSTEM... VIREN
MUTATIONEN, WIR WISSEN ES NICHT... ABER NUR DU BIST IN DER
LAGE, SIE SCHNELL ZU FINDEN UND **UNSCHÄDLICH** ZU MACHEN!

WENN DU ES NICHT SCHAFFST, DIE
>48X-FORMEL AUSZUFÜHREN ODER
DIE FLUGBAHN DES **EINDRINGLINGS**
ZU KORRIGIEREN, WIRD ER MIT **PAN-
DARVE** KOLLIDIEREN! DANN STERBEN
MILLIONEN VON MENSCHEN... UND AUCH DEI-
NE DATEN WERDEN FÜR IMMER GELÖSCHT!

NUR DU
KANNST UNS
RETTEN!

VERLASST EUCH GANZ
AUF MICH!

WARTE DOCH! WIE SOLLEN WIR IN KONTAKT BLEIBEN, WÄHREND DU DICH DA DRIN IM **ZENTRALCOMPUTER** HERUMTREIBST?

KEINE SORGE, STORM! ÜBERLASS DAS MIR!

??

ALICE!

ABER ICH DACHTE, DU WÄRST **TOT**... ICH MEINE WEG... **AUSGELÖSCHT**!

SIEHT MAL, WAS DIE KATZE GEBRACHT HAT!

NUN, WO PANDARVE EINEN TEIL IHRER AUFMERKSAMKEIT DEM EINDRINGLING SCHENKT, LENKT SIE NICHT NUR DIE **GRINSEKATZE**... SIE HAT AUCH DIE WINZIGEN RESTE MEINES ENERGIESPEKTRUMS WIEDER GEFUNDEN!

ICH BEGLEITE DEINE KOPIE IN DEN **ZENTRALCOMPUTER** UND HALTE KONTAKT ZU DIR. UND DIE GRINSEKATZE BLEIBT AN EURER SEITE.

DER ANDERE STORM WIRD MICH ERKENNEN. WIR HABEN UNS GETROFFEN, ALS ER DAMALS IM **ARCHIV VON DANDERZEI** ZURÜCKBLIEB.

DARAUS HAT SIE EINEN NEUEN KÖRPER FÜR MICH GEFORMT... WENN AUCH EINEN KLEINEREN.

AAAGH! DAS KANN NICHT SEIN!

8

ICH BIN NUR EIN GEDANKE! EIN WINZIGER TEIL VON PANDARVES GEWALTIGEM GEIST... MICH KANN MAN NICHT BERÜHREN! ALSO LASS MICH GEFÄLLIGST LOS!
HALLO, ALICE! ODER SOLL ICH SAGEN... PANDARVE?
BEGREIFST DU NICHT, DASS ICH IN DIESER SOFTWARE GENAU WIE DU NUR EINE ART EINBILDUNG BIN? EINE DOPPELTE DOSIS DIGITALER DATEN, SOZUSAGEN!
SEI IN ZUKUNFT TROTZDEM ETWAS VORSICHTIGER! ICH BIN NÄMLICH EIN ZARTES MÄDCHEN, WEISST DU?
ANSONSTEN BIN ICH HIER, UM DIE INTERESSEN VON PANDARVE ZU WAHREN. SIE WILL NICHT STERBEN, BEVOR SIE NICHT FERMATS THEOREM GELÖST UND DAMIT IHRE VERSTANDESKRAFT BEWIESEN HAT!
HÖRT SICH SO AN, ALS SEI PANDARVE AUF DAS EWIGE LEBEN AUS! ABER BITTE, MIR SOLL'S RECHT SEIN!
WENIGSTENS KÖNNEN WIR SEHEN, WAS DEIN... ÄH... DIGITALER ZWILLING IN DIESEM KOMISCHEN COMPUTER TREIBT!
ICH FÜHL MICH IRGENDWIE UNWIRKLICH... SO MUSS ES SEIN, WENN SICH BEIM RASIEREN PLÖTZLICH DAS EIGENE SPIEGELBILD SELBSTÄNDIG MACHT!
9

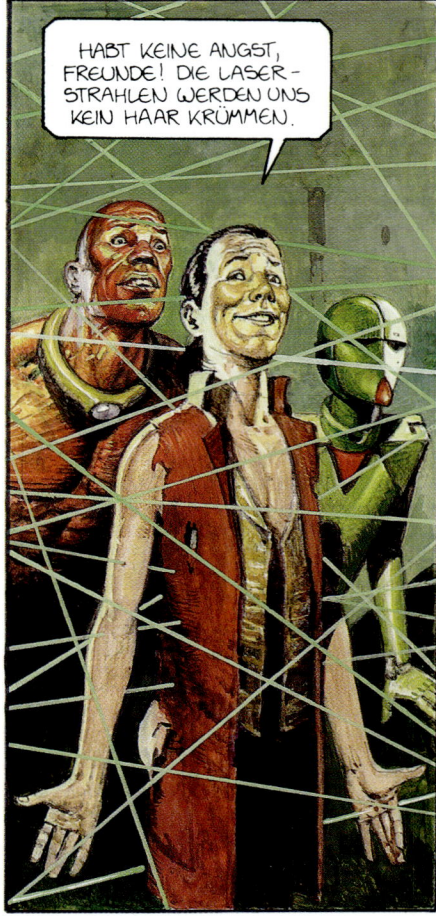

Panel 1: GLEICHZEITIG, AN EINEM ANDEREN ORT, MILLIONEN VON KOKONS VOM **ZENTRALCOMPUTER** ENTFERNT...

VERTRAU MIR, NO-MAD... ICH WEISS, WAS ICH TUE.

Panel 2: SIEH AN! BIST DU NICHT DER KLEINE VERGIL? DA WIRD SICH DIE **BIENENKÖNIGIN** FREUEN!

UND MICH FREUT, DASS DU MICH NACH ALL DER ZEIT NOCH ERKENNST!

Panel 3: HABT KEINE ANGST, FREUNDE! DIE LASERSTRAHLEN WERDEN UNS KEIN HAAR KRÜMMEN.

Panel 4: DAS WÄRE ALLERDINGS ANDERS, WENN WIR...

...KEINE **ERLAUBNIS** HÄTTEN!

Panel 5: SPPZZZXZXZH

Panel 6: DEIN DUFT ERFÜLLT MEIN HERZ MIT FREUDE, KLEINER BRUDER! ES IST LANGE HER, DASS DU DICH UNTER DIE NASE DER BIENENKÖNIGIN GEWAGT HAST!

BEATRIX! NOCH IMMER SO... ÄH ...ATEMBERAUBEND MÄCHTIG WIE EHEDEM!

KOMM IN MEINE ARME, KLEINER BRUDER! ICH HÄTTE WIRKLICH LUST, DICH NIE LOSZULASSEN!
JA... UMPF ...SO FÜHLT ES SICH AN, SCHWESTER!
BEI SO EINER FAMILIE HAT MAN KEINE WAHL... ENTWEDER MAN VERDRÜCKT SICH AUS DEM KORB, ODER MAN WIRD ERDRÜCKT!
NATÜRLICH WIRD FÜR DEN LANGE VERLOREN GEGLAUBTEN BRUDER EIN FEST AUSGERICHTET... GESCHICHTEN WERDEN ERZÄHLT, PROBLEME VORGETRAGEN UND LÖSUNGEN GESUCHT...
DANKE! ICH WEISS, WIE SCHWER ES DIR FÄLLT, SIE AUCH NUR EINE SEKUNDE LANG AUS DEN AUGEN ZU LASSEN!
ICH DENKE, EUER FREUND STORM HAT DEN KÜRZESTEN WEG INS ZENTRUM VON NEUMANN, GESEGNET SEI SEIN NAME, GEWÄHLT. UND DAMIT DEN GEFÄHRLICHSTEN! ABER VIELLEICHT GIBT ES NOCH EINEN ANDEREN... SEIT JAHRTAUSENDEN UNBENUTZT. MEINE MÄNNER WERDEN EUCH ZU SEINEM AUSGANGSPUNKT BRINGEN.
AJAX
VIELLEICHT BLEIBST DU DAFÜR EINE WEILE BEI MIR, ROTER BRUDER?
ICH SEH'S DIR AN, DASS DU DEINEN MANN STEHEN KANNST. UND EIN REGIMENT VON ROTEN KRIEGERN WÄRE MAL WAS ANDERES!
OH, ÄH... ICH... ICH F-FÜRCHTE, ALS VATER WÄR ICH WOHL EINE...
...FURCHTBARE ENTTÄUSCHUNG! TROTZDEM DANKE... WAR NETT GEMEINT...
OFFENBAR WEISS MEINE SCHWESTER EIN PAAR DINGE, DIE SELBST ICH NICHT WEISS! NA JA, ALS KÖNIGIN... UND WO ICH DOCH SCHON SO LANGE NICHT MEHR IM KORB LEBE.
11

HIER IST DAS ZENTRUM DIESES KOKONS! HIER HAT VOR URZEITEN DIE **KORBKULTUR** IHREN ANFANG GENOMMEN!

GUT, DASS DIE BRÜDER MEINER SCHWESTER VIELSEITIGER SIND ALS UNSERE NICHTEN UND NEFFEN AUS ANDEREN KÖRBEN... BEI UNS KÖNNEN DIE ARBEITER KÄMPFEN UND DIE KRIEGER KRÄFTIG HINLANGEN!

BRÜDER? DAS SIND ALLES DEINE BRÜDER? MANN!

SCHAUT! DAS IST DER ZUGANG ZU EINEM VERSORGUNGSTUNNEL, DER ALLE KOKONS MITEINANDER VERBINDET! MAN SAGT, ER HÄTTE EINE DIREKTE VERBINDUNG ZUM **ERSTEN COMPUTER**... ZU **VON NEUMANN** SELBST, GEPRIESEN SEI SEIN NAME!

12

WEISS HEUTZUTAGE ÜBERHAUPT NOCH JEMAND, WIE MAN DIE TÜR ÖFFNET?

LOGISCH!

VLOESJJ

STOCKFINSTER DA DRIN! WIR BRAUCHEN FACKELN, SONST HOLEN WIR UNS EINE BEULE NACH DER ANDERN!

SIE ENTKOMMEN!

JA, EURE GEMEINHEIT! ICH GLAUBE, SIE HABEN DEN WEG GEFUNDEN!

BRROOOEEMM

TÖTET NUR DIE FREMDEN!

OOOH! SO VIELE FREMDE!

15

SIE ENTKOMMEN! HINTERHER, VISFIL!
I-ICH, MEIN MEISTER? M-MEINT IHR WIRKLICH MICH?
MEISTER! HILFE!
JA, DICH, GIFTZWERG!
HABE ICH DICH ENDLICH, MEIN RO-TER FREUND!
ABER NICHT FÜR LANGE!
VORSICHT! HALTET IHN FEST!
OH, VERFLIXT! WO IMMER DIE AN-DERN AUCH SIND, SCHLIMMER ALS HIER KANN'S NICHT SEIN!
HAHAHAHA!
GLEICHZEITIG, IM ELEKTRISCHEN LABY-RINTH DES ZENTRALCOMPUTERS... STORM ... ODER BESSER GESAGT SEINEM VIRTUEL-LEN ZWILLINGSBRUDER... STEHT EINE ÜBERRASCHUNG BEVOR...
WAS IST DENN DAS?
16

DEN MANN KENN ICH DOCH IRGENDWOHER...
AUTSCH!
DIE VIRTUELLE REALITÄT WIRD MIR LANGSAM ZU ECHT! JETZT GIBT'S HIER SCHON MÜCKEN!
KLOP KLOP
HEREIN!
UMPF!
WAS IST, JUNGER MANN? BELÄSTIGEN SIE MICH NICHT MIT KLEINIGKEITEN!
ICH FÜRCHTE, WIR HABEN EIN GRÖSSERES PROBLEM, SIR!
MP
OFFENBAR GIBT ES VIREN IM SYSTEM!
WOZU HABEN WIR EIN ANTIVIRENKIT? SOLLEN DIE SICH DRUM KÜMMERN! ICH HAB GENUG UM DIE OHREN!
MP
GANZ WIE SIE BEFEHLEN, SIR!
MIT DEM MANN MUSS ICH SPRECHEN, DER SCHEINT HIER DER BOSS ZU SEIN!
17

ICH HÄTT'S WISSEN MÜSSEN! DAS IST **JOHN VON NEUMANN** SELBST!
J. VON NEUMANN
DER WISSENSCHAFTLER, DER IM ZWANZIGSTEN JAHRHUNDERT DIE **VON-NEUMANN-MASCHINE** ERFUNDEN HAT! BLOSS, WIE MACH ICH IHN AUF MICH AUFMERKSAM?
DAS IST NICHT SCHWER, STORM!
ACH JA? SOLL ICH IHM EINFACH AUF DIE SCHULTER TIPPEN?
DANN ZIEHT ER DIR EINS MIT DER FLIEGENKLATSCHE ÜBER, DUMMKOPF! NEIN, DU MUSST WACHSEN, STORM, DAS IST DES RÄTSELS LÖSUNG!
UND WIE SOLL ICH DAS MACHEN? ZUM NÄCHSTEN COMPUTER FLATTERN, VON TASTE ZU TASTE HÜPFEN UND MEIN PROGRAMM UM-SCHREIBEN, ODER WAS?
DA KENN ICH ANDERE MITTEL UND WEGE...
MUND AUF!
DRINK ME
HIER, DAMIT DU EIN GROS-SER JUNGE WIRST!
W-WAS... W-WER...??
DU HÄTTEST FRÜHER BESSER BEI **JEFFERSON AIRPLANE** ZU-HÖREN SOLLEN, STORM!
HAAAA?!?
18

QUATSCH! ICH DROH KEINEM!
WACHE! ERGREIFT DEN MANN! ER HAT MICH BEDROHT!
ICH BIN BLOSS HIER, UM FRIEDLICH MIT EUREM BOSS ZU PLAUDERN!
KRACK!
KRACK!
DAS ALLERDINGS, WENN'S SEIN MUSS, MIT ROHER GEWALT!
HÄNDE HOCH, VERFLIXTER VIRUS! ICH BIN ZWAR KEIN SOLDAT, ABER ABDRÜCKEN KANN ICH!
BEI PANDARVES PESTHAUCH! ICH MUSS DEN SCHWACHKOPF AUFHALTEN!
KEINE PANIK! ERST FRAGEN, DANN SCHIESSEN, SO VIEL STIL MUSS SCHON SEIN!
W-WAS?
AUTSCH!
TUT MIR LEID, JUNGS! ABER ICH MACH'S GNÄDIG ... VERSPROCHEN!
DUNK
19

BLAAMM

ICH KOMM WIEDER! ABER ERST, WENN IHR AUFGEHÖRT HABT, LÖCHER IN DIE LUFT ZU STANZEN!

HALTET DIESEN TERRORISTEN AUF!

WO BIN ICH JETZT WIEDER GELANDET?

IST DAS DER AUSGANG?

SACKGASSE! VERDAMMTE @#$%&!!

BITTE?

WOANDERS...

VISFIL, MEIN KLEINER FUSS-ABSTREIFER... WO MAG ER JETZT SEIN? LEBT ER NOCH?

AAAAIIIII!

ICH HATTE WIE IMMER RECHT!

LOGISCH GESEHEN, MÜSSEN WIR IRGENDWO HERAUSKOMMEN!

BEI PANDARVES POLYPEN! HIER KANN MAN SICH NIRGENDS FESTHALTEN!

AAAAAH! MEIN MEISTER! HILF MIR!

21

PUUH! DAS STINKT VIELLEICHT!

TJA, PECH, DASS IHR STERBLICHEN EURE GERUCHSSENSOREN NICHT EINFACH ABSCHALTEN KÖNNT!

SCHAUT! LEBENDER ORGANISCHER ABFALL! GUTES MATERIAL ZUM MÄSTEN!

NICHT ZU GLAUBEN, LEUTE ... DIE MÜLLKIPPE IST TATSÄCHLICH BEWOHNT!

WAS KEIN GUTES ZEICHEN IST, WENN IHR MICH FRAGT!

VISFIL IST SCHLAU! VISFIL VERSTECKT SICH!

PSSST!

VERSTEHE, DU HÄLTST EH NICHTS VOM REDEN...

ICH DENKE WIR SPRECHEN TROTZDEM DIESELBE SPRACHE!

22

24

LIEBE GÜTE! DU HAST VIELLEICHT MANIEREN, MANN!
WRAAAUUGHH...
WARTE, DIR PUST ICH DIE SPITZE ZUNGE AUS DEM HALS!
BLAAAM
SIEHST DU, WENN MAN DAS REDEN NICHT GEWOHNT IST...
...VERGISST MAN DARÜBER GLATT DAS SCHIESSEN...
UND DANN IST ES ZU SPÄT!
KRAAAK
UNNGH!
DIE PISTOLE KANN ICH BRAUCHEN... UND EIN PAAR ANDERE SACHEN AUCH!
MOMENT! DAS WICHTIGSTE HÄTTE ICH FAST VERGESSEN...
23

KEINE ANGST... IRGENDWANN KOMMT JEMAND UND ...NA JA...
HOFFENTLICH SIEHT ER ZUVOR HIN...
ICH... ÄH... HAB EINE **RATTE** ABGEKNALLT! HIER WIMMELT'S JA VON DEN BIESTERN!
GUT, GEH DU NACH HINTEN, WIR SCHAUEN UNS HIER VORNE UM. UND WENN DU IHN SIEHST ... **MACH IHN KALT!**
PFUUH! DAS WAR DUSEL! JETZT MUSS ICH WIEDER ZUM **KOMMANDORAUM DER FESTPLATTE!**
INZWISCHEN...
WARUM WARNT STORM SIE NICHT VOR DER GEFAHR? WO IST ER?
...UND GLEICHZEITIG...
WÜRDE ICH NICHT DRAUF WETTEN... KEINEN MÜDEN HELLER, MEIN FREUND...
D-DIESE... ÄH... MÜLLMÄNNER SIND DOCH SICHER VEGETARIER, ODER?
AN **MIR** VERDERBEN SIE SICH JEDENFALLS GALAKTISCH DEN **MAGEN**!
24

ES IST VOLLBRACHT, EURE ERBARMUNGSLOSIGKEIT, O MÄCHTIGER MARDUK! KÖNIGIN BEATRIX IST IN EURER HAND!
WÜNSCHEN HOHEIT SIE ZU SPRECHEN, EHE SIE IHREN DIENERN IN DIE EWIGE FINSTERNIS FOLGT?
DAS WÜNSCHE ICH ALLERDINGS! SIE WIRD UNS VERRATEN, WO WIR DIE FREUNDE DER ANOMALIE FINDEN!
WIR, DIE **KÖNIGIN,** SPRECHEN NICHT MIT EMPORKÖMMLINGEN!
SiSSS
ZEIG IHR, MEIN ERZENGELCHEN, WOHIN IHRE VERSTOCKTHEIT FÜHRT!
25

HALT! ICH REDE JA, ICH REDE!

MEIN BRUDER IST BEI DEN FREMDEN! VERSPRICH MIR, IHN ZU SCHONEN, UND DU ERFÄHRST ALLES!

MEIN BRUDER UND ICH SIND EINS! WIR FÜHLEN, WENN DER ANDERE IN NOT IST...

WAS AUF VERGIL IM MOMENT MIT SICHERHEIT ZUTRIFFT...

FINGER WEG!

DIE HÖREN HIER SCHLECHT, FREUND NOMAD!

NUN ESST TÜCHTIG! WIR HABEN GERNE ETWAS FETT AUF DEN RIPPEN!
MAN SIEHT'S!
LECKER!
WAS FÜR SCHINKEN!
LASST DAS ESSEN IN FRIEDEN, JUNGS!
HE, HIER IST NOCH EINER!
UIUIUI...
WAS SOLL AUS DEM WERDEN? VORSPEISE ODER NACHTISCH? HAHAHA!
NEIIIIN!
27

BITTE, RAK*EL, **HELFEN SIE MIR!** SIE WIRD MAN NICHT AUFFRESSEN!	DAS KLEINE FLEISCHWESEN ZITTERT VOR ANGST, FREUND NOMAD!	ZU RECHT! DEN PIMPF HAUEN SIE ALS ERSTEN IN DIE PFANNE! AUFGELESEN VOM MISTHAUFEN... TIEFER KANN MAN JA WOHL KAUM SINKEN!

EIGENTLICH IST DAS EINE FABRIK ZUR WIEDERVERWERTUNG VON ABFÄLLEN AUS ALL DEN MILLIONEN VON KOKONS!

FREIWILLIG LASS ICH MICH JEDENFALLS NICHT VERWERTEN!

GLEICHZEITIG, IM KOMMANDORAUM...

WARUM HÖREN WIR NICHTS VON DEINEM ZWEITEN ICH? **WIESO** MELDET SICH DER KERL NICHT?

HMM! ALS DIE ERSTE **VON-NEUMANN-MASCHINE** DIE ERDE VERLIESS, STECKTE DAS INTERNET NOCH IN DEN KINDERSCHUHEN...

ABER VIELLEICHT HAT ES SICH WEITERENTWICKELT... ICH PROBIER'S EINFACH MAL MIT EINER SUCHE...

DAS **MINIVERSUM VON PANDARVE** IST NOCH LICHTSTUNDEN ENTFERNT. DENNOCH ERHELLT SEIN LEUCHTEN DIE **OBERFLÄCHE DES EINDRINGLINGS**...

28

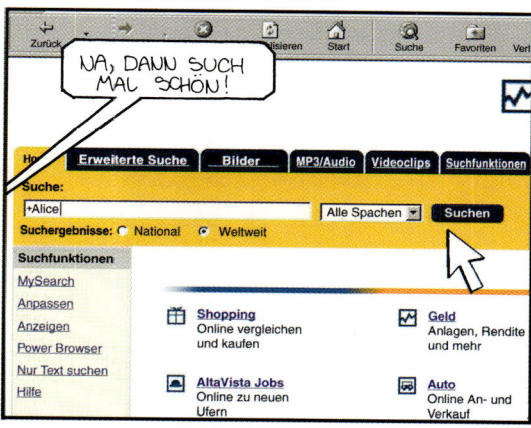

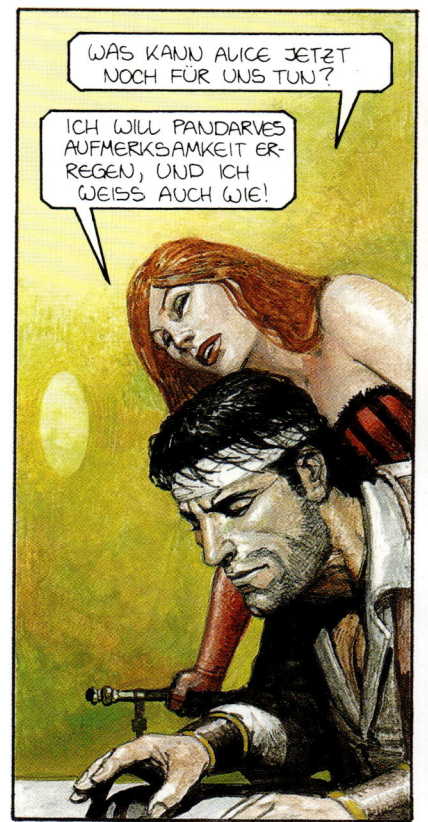

WENN WIR PANDARVE NOCH RETTEN WOLLEN, MÜSSEN WIR SCHNELL HANDELN! DIE ZEIT WIRD HÖLLISCH KNAPP!

HA! DAS INTERNET EXISTIERT NOCH IMMER!

NA, DANN SUCH MAL SCHÖN!

SCHAU! DAS IST DER AUTOR VON ALICE IM WUNDERLAND!

UND SIE HAT FÜR ALICE MODELL GESTANDEN!

UND HIER HABEN WIR ALICE SELBST!

WAS KANN ALICE JETZT NOCH FÜR UNS TUN?

ICH WILL PANDARVES AUFMERKSAMKEIT ERREGEN, UND ICH WEISS AUCH WIE!

ALICE! HAST DU KONTAKT ZU PANDARVE?

DU WEISST, DASS SIE GERADE ÜBER FERMATS THEOREM BRÜTET, STORM! SIE WILL NICHT GESTÖRT WERDEN, ES SEI DENN, ES IST SEHR WICHTIG!

AM LEBEN ZU BLEIBEN IST FÜR UNS SEHR WICHTIG!

29

31

SAG PANDARVE FOLGENDES: FERMATS THEOREM WURDE GELÖST. IM ERDENJAHR 1997... DURCH EINEN GEWISSEN ANDREW WILES.	SIE KANN DIE ANTWORT IN DEN BESTÄNDEN DES ZENTRALCOMPUTERS NACHSCHLAGEN. NICHT, DASS **ICH** SIE VERSTANDEN HÄTTE ...

AAAAAH!

AUF DEM LEBENDEN PLANETEN PANDARVE KOMMT DIE BOTSCHAFT VON ALICE...

... HART AN!

PANDARVE IST BÖSE!

ICH DACHTE, SIE WÜSSTE ALLES, WAS AUF DER ERDE GESCHAH!? HAT SIE DA WAS VERPASST?

SIE HAT WOHL SO INTENSIV AN DER FRAGE NACH DER ANTWORT RUMGEPFRIEMELT, DASS SIE GAR NICHT MITGEKRIEGT HAT, DASS IHR EIN EINFACHER STERBLICHER ZUVORGEKOMMEN IST. ANDREW WILES IST MIT SEINEM BEWEIS IN DIE ANNALEN DER WISSENSCHAFT EINGEGANGEN!

WARUM HAST DU DAS PANDARVE NICHT EHER GESAGT?

UM EINEN SCHLAFENDEN LEBENDEN PLANETEN ZU WECKEN? SOLANGE SIE ABGELENKT WAR, HATTE ICH NOCH EINE CHANCE!

PANDARVE IST **SEHR BÖSE** AUF DICH, STERBLICHER!

ABER SIE IST AUCH DANKBAR FÜR DIE WARNUNG VOR DEM EINDRINGLING. VIELLEICHT SCHENKT SIE DIR JA DEIN NICHTSWÜRDIGES BISSCHEN LEBEN.
VIELLEICHT KANN SIE FÜR DEN ANFANG MAL MEINE FREUNDE HIERHER BRINGEN?
SOLCHE ENTFERNUNGEN SIND AUCH FÜR PANDARVE KEINE KLEINIGKEIT, FREUND STORM. ABER MIT MEINER HILFE MÜSSTE ES GEHEN!
KÜMMERE DU DICH UM DEINEN ELEKTRONISCHEN ZWILLING IM COMPUTER!
DANN SORGE ICH FÜR DEN REST!
AAAARGH!
31

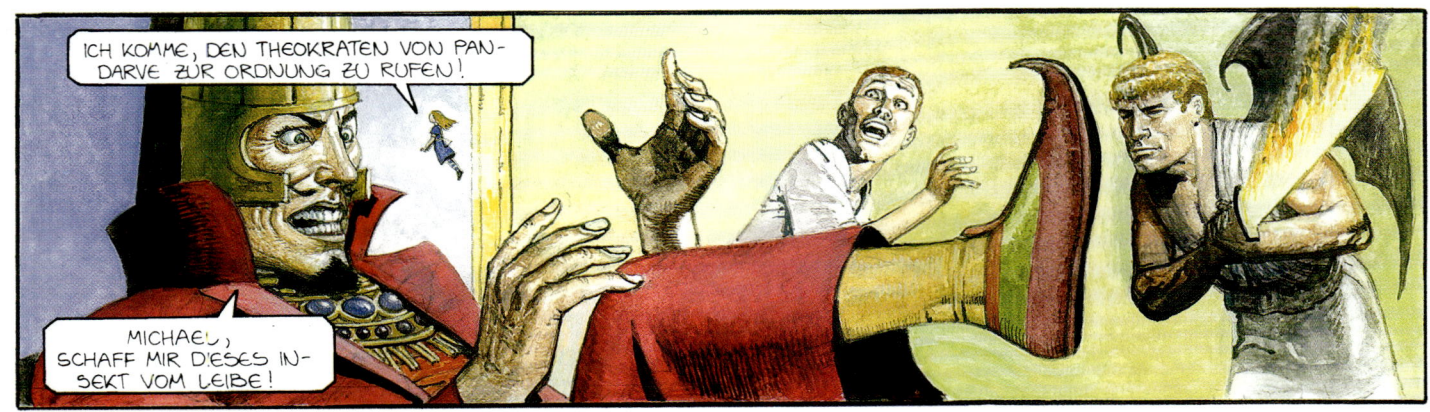

— ICH KOMME, DEN THEOKRATEN VON PAN-DARVE ZUR ORDNUNG ZU RUFEN!

— MICHAEL, SCHAFF MIR DIESES INSEKT VOM LEIBE!

— EIN FLAMMENSCHWERT! ZIEMLICH ALTMODISCH, ODER?

— DA MACHT ER SCHLAPP, DER ERZENGEL!

— DU HAST LANGE GENUG GOTT GESPIELT, MARDUK! NUN GILT ES, MEINE FREUNDE ZU RETTEN UND VISFIL, DEINEN TREUEN DIENER!

— JA, ICH FANGE AN, DIE KLEINE RATTE ZU VERMISSEN.

INZWISCHEN...

— WÜRDEN DIE FETTESTEN BITTE AUFSTEHEN? WIR KRIEGEN LANGSAM HUNGER!

DAS DÜRFEN WIR NICHT ZULASSEN!
SO EINE FEINE AUSWAHL HATTEN WIR LANGE NICHT MEHR! HEHEHE!
WIR GREI- FEN AN!
KEIN SCHLACHTEN VOR DER ZEIT!
NA JA, BEWE- GUNG MACHT DAS FLEISCH WEICH!
NATÜRLICH KONN- TE DER KAMPF GE- GEN DIE ÜBERMACHT NICHT ANDERS ENDEN...
DER ROTE WANDERT ZUERST IN DEN TOPF! DER MUSS LANGE KOCHEN, ZÄH WIE ER IST!
RUFT ALLE ZUSAM- MEN! WIR GEBEN HEU- TE EIN FESTMAHL!
HOLA! HOOLA! HOOLA!
33

GANZ IN DER NÄHE FINDEN AUCH ANDERE DEN WEG IN DIE WELT DES MÜLLS...

WENN WIR VISFIL FINDEN, WANDERT ER ERST MAL IN DIE WASCHMASCHINE!

MARDUCKS MÄNNER KOMMEN IM SPRICHWÖRTLICH LETZTEN AUGENBLICK...

MEISTER! MEISTER! LASST MICH EURE FÜSSE KÜSSEN!

BLEIB MIR BLOSS WEG! DU STINKST!

VERGIL WIRD EUCH ZU MEINEM FREUND STORM BRINGEN! ICH HAB WICHTIGERES ZU TUN!

HMM! NICHT ÜBEL! DIESE LEUTE HABEN ZWAR MISERABLE MANIEREN, ABER KOCHEN KÖNNEN SIE!

BEA! BIN ICH FROH!

ICH AUCH! WENN DICH EINER FUTTERN DARF, DANN BIN ICH DAS!

ICH FÜRCHTE, DU MEINST DAS ERNST.

KOMMT!

MEISTER! LASS MICH AN DEINER SEITE BLEIBEN!

HERRSCHAFTEN, DER ENERGIETRANSMITTER! ER BRINGT UNS AUF DIREKTEM WEGE ZU VON NEUMANN, GESEGNET SEI SEIN NAME! STEIGT ALLE EIN, DIE ZEIT DRÄNGT!

DA PASSEN WIR DOCH NIE ALLE REIN!

ES IST INNEN GRÖSSER, ALS ES VON AUSSEN AUSSIEHT! HIER WÜRDE EIN GANZES HEER REINPASSEN, WENN'S DRAUF ANKÄME!

WIR SIND EIN GANZES HEER, FREUND VERGIL!

35

AAAAH! WAS IST DAS?
IM **KONTROLLRAUM** DES **ZENTRALCOMPUTERS** TRIFFT ES STORM UND ROTHAAR VÖLLIG UNVORBEREITET...
ICH WÜRDE SAGEN, WIR BEKOMMEN BESUCH...
NOMAD! ICH DACHTE, ICH WÜRDE DICH NIE WIEDERSEHEN!
IHR ANDEREN WARTET, BIS ICH EUCH RUFE!
WIR SIND UNTERWEGS ETWAS AUFGEHALTEN WORDEN, FREUND STORM!
RAK*EL! **VERGIL!**
AUGENBLICK! WIESO BIST DU HIER UND AUF DEM BILDSCHIRM, STORM?
UND WEITER ZIEHT DER EINDRINGLING SEINE BAHN IN RICHTUNG PANDARVE. DAS WEISSE LEUCHTEN DES LEBENDEN PLANETEN SCHEINT ZUM GREIFEN NAH...
IRGENDWIE BIN DAS AUCH ICH, RAK*EL. ABER FRAG MICH NICHT, WAS ICH GERADE MACHE!
36

HALLO, STORM ... ODER SOLL ICH **BRUDER** SAGEN? NEIN, DAS KLINGT SO **DISTANZIERT.** WIR SIND EINS, AUCH WENN WIR SO WEIT VONEINANDER ENTFERNT SIND WIE DIE STERNE ... ABER DAS WIRD SICH JA BALD ÄNDERN!
WAS HAT ER ... ÄH ... WAS HABE **ICH** VOR?
ICH WEISS, DASS DU MICH SEHEN KANNST! DU FRAGST DICH, WAS ICH VORHABE? WAS DU VORHAST? ICH HAB MICH BIS ZU VON NEUMANN DURCHGESCHLAGEN, UND NUN BIN **ICH** AM DRÜCKER ... IM SINNE DES WORTES!
NACHDEM DU MICH IM CYBERKOSMOS VON DANDERZEI IM STICH GELASSEN HATTEST, HABE ICH DICH HASSEN GELERNT ... DICH UND DEINE FREUNDE! JETZT IST ES ZEIT FÜR MEINE RACHE! ICH ... NEIN, DU HÄTTEST DAS NICHT BESSER PLANEN KÖNNEN! **HAHAHA!**
WENN DIE ECHTE WELT MICH NICHT HABEN WILL, PFEIFE ICH AUF DIE ECHTE WELT!
DIE MACHT IST MEIN, UND DER HIER IST ÜBERFLÜSSIG!
BLAAMM
SO EINFACH IST DAS! **HEHEHE!**
37

HAHAHA!
AAAAH! ER HAT DEN HEILIGEN NEUMANN ERMORDET!
ER HAT UNS ALLE ERMORDET!
IN DIESEM MOMENT HAT DER EINDRINGLING BEREITS DEN ÄUSSERSTEN RAND VON PANDARVES GEWALTIGER ATMOSPHÄRE ERREICHT...
DER EINDRINGLING FÄNGT BALD AN ZU GLÜHEN. EUCH BLEIBEN NUR EIN PAAR MINUTEN, UM ZU EUREN GÖTTERN ZU BETEN. IHR SOLLTET DIE ZEIT NICHT UNGENUTZT LASSEN.
VON MEINER DUNKLEN SEITE HAST DU NICHTS GEAHNT. OBWOHL DU ICH BIST, STORM.
NUN, LANGE WERDEN WIR NICHT MEHR WIR SEIN.
NEIN! DAS KANNST DU NICHT TUN! DU TÖTEST MILLIARDEN VON LEBEWESEN!
SO IST ES AUCH GEDACHT, BRUDER!
KLOP KLOP
HEREIN, WER IMMER ES IST!
JUNGE!
BIST DU ES WIRKLICH?
PA?? MA??
38

ES IST WAHR, STORM... DAS SIND DEINE ELTERN! AUCH SIE WURDEN IN DEN **HAUPTCOMPUTER DOWNGELOADET,** ALS DIE MENSCHHEIT DIE ERDE HINTER SICH LIESS.

SIE LEBTEN IHR VIRTUELLES LEBEN OHNE DICH, DENN DU WARST IM **ROTEN FLECK** DES JUPITERS VERSCHWUNDEN. SIE HABEN DICH SEHR VERMISST...

ABER NUN HABEN SIE IHREN SOHN WIEDER... DEIN **ALTER-EGO**... DEINEN **ZWILLING,** DEINEN **DIGITALEN DOPPELGÄNGER**... DEN STORM, DER NACH ALL DEN MILLIONEN JAHREN DIE VERNICHTUNG DER MENSCHHEIT VOLLENDEN WILL!

WIR HATTEN DIE HOFFNUNG AUFGEGEBEN UND UNS AUF EIN EWIGES LEBEN OHNE DICH EINGESTELLT... DENN STERBEN KANN MAN HIER NICHT...

KOMM, MEIN SOHN... WIR GEHEN NACH HAUSE!

DA WÄRE ICH MIR NICHT SO SICHER!

39

DAS IST... DAS ALTE POSTAMT!
ALS WIR DIE ERDE VERLASSEN MUSSTEN, VERSPRACH MAN UNS, DASS UNSER VIRTUELLES LEBEN NICHT ANDERS SEIN WÜRDE, ALS WIR ES GEWOHNT WAREN!
MIT EIN PAAR KLEINEN VERÄNDERUNGEN!
WAS HAT DAS ZU BEDEUTEN?
ZUSÄTZEN, KÖNNTE MAN VIELLEICHT SAGEN!
VIREN, WÜRMERN... RATTEN EBEN.
STORM! GIB DIE GENESISFORMEL EIN!
VIELLEICHT IST ES NOCH NICHT ZU SPÄT! DIE GENESISFORMEL!
DU HÄTTEST UNSEREN SCHÖPFER, DEN HEILIGEN NEUMANN, NICHT LÖSCHEN DÜRFEN...
DIE GENESISFORMEL!
GEHET HIN UND MEHRET EUCH... GO FORTH AND MULTIPLY!
7
4
&
+
ENTER
KLIK KLIK KLIK KLIK KLIK KLIK KLIK KLIK
40

KEIN DONNERN, KEIN DRÖHNEN, KEIN OHRENBETÄUBENDER LÄRM, ALS MILLIARDEN VON VERBINDUNGSSTÜCKEN REISSEN... NOCH SIND DIE AUSLÄUFER VON PANDARVES ATMOSPHÄRE ZU SCHWACH, UM SCHALLWELLEN ZU TRAGEN. UND SO BLEIBT DIE GRÖSSTE EXPLOSION SEIT DEM URKNALL, DIE AUFLÖSUNG DES EINDRINGLINGS IN MILLIONEN VON EINZELTEILEN, UNGEHÖRT...

41

MILLIONEN VON KOKONS, JEDER VON IHNEN EINE EIGENE WELT, LEBENDIG ODER TOT, STREBEN IN ALLE HIMMELSRICHTUNGEN AUSEINANDER. EINIGE SCHLAGEN LECK... EINIGE EXPLODIEREN... EINIGE PRALLEN AUFEINANDER UND EINIGE VERGLÜHEN IN DER ATMOSPHÄRE VON PANDARVE...

DOCH DIE MEISTEN ÜBERLEBEN...

WIR BAUEN **NEU-LONDON** WIEDER AUF! GRÖSSER UND SCHÖNER!

NEUMANN SEI DANK, DASS DIE AUSLÄNDER WEG SIND!

SIE SCHWEBEN WEITER...

JOHOHO, AND A BOTTLE OF RUM...

...UND VERLIEREN SICH IN DEN UNENDLICHEN UNERFORSCHTEN WEITEN DES **UNIVERSUMS**...

W-WIR WERDEN AUF PANDARVES OBERFLÄCHE ZERSCHELLEN!

DER **LEBENDE PLANET**!

EINIGE WENIGE ABER DRINGEN BIS ZU PANDARVE SELBST VOR...

KEINE ANGST! NUN, WO FERMATS THEOREM KEIN THEMA MEHR FÜR SIE IST, HABEN WIR PANDARVES VOLLE AUFMERKSAMKEIT!

42

SEHT IHR? PAN-DARVE WIRD SICH UM UNS KÜMMERN!

DAS FÜRCHTE ICH JA, SAUER WIE SIE AUF UNS IST!

DER HIMMEL! ICH SEH DEN HIMMEL! OOOH! IST DER ABER WEIT WEG!

ES IST NUR EINE FRAGE DER ZEIT, BIS WIR PANDARVES ZORN ZU SPÜREN KRIEGEN!

FREUND STORM! DA KOMMT JEMAND!

♪ HAPPY BIRTHDAY TO YOU... HAPPY BIRTHDAY TO YOU... ♪

HAPPY BIRTHDAY, ♪ LIEBE ANOMALIE... ♪

DU WEISST, DASS ICH NICHT GEBURTSTAG HABE, PANDARVE... WARUM...?

ICH LASSE DICH AM LEBEN, STORM... HEUT IST DEIN ZWEITER GEBURTSTAG...

ABER BESTRAFEN MUSS ICH DICH!

AB...MMM...

43

Panel 1:
NENNST DU DAS BESTRAFEN!

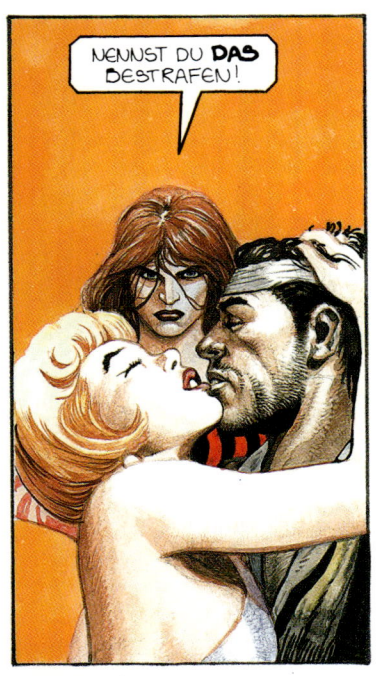

Panel 2:
DIE STRAFE EINER GÖTTIN KANN VIELE GESICHTER HABEN, STERBLICHE...

MIT EINEM KUSS HAST DU DICH ABER REICHLICH IM REGISTER VERGRIFFEN!

Panel 3:
ABWARTEN, STORM! DU HAST MIR MEIN SPIEL GENOMMEN UND MICH ZUR LANGEWEILE VERDAMMT! DEINE STRAFE SOLL SEIN, DASS DU NIE MEHR AN EINE ANDERE FRAU WIRST DENKEN KÖNNEN!

BILDE DIR BLOSS KEINE SCHWACHHEITEN EIN! ICH BIN AUCH NOCH DA!

Panel 4:
WARTE...WARTE...PANDARVE! WENN DU EINE NEUE DENKAUFGABE BRAUCHST, DANN HABE ICH WAS FÜR DICH... GOLDBACHS VERMUTUNG!

ACH? WAS HAT DEIN GOLDBACH DENN VERMUTET?

Panel 5:
ER WAR EIN WISSENSCHAFTLER, DER IM ACHTZEHNTEN JAHRHUNDERT AUF DER ERDE LEBTE! ER BEHAUPTETE, DASS JEDE GERADE ZAHL ÜBER ZWEI DIE SUMME ZWEIER PRIMZAHLEN SEI. BIS HEUTE HAT DAS NOCH KEINER BEWIESEN!

INTERESSANT!

UND WENN DU DAS GESCHAFFT HAST, KANNST DU IMMER NOCH DIE GRÖSSTE DENKBARE PRIMZAHL ERRECHNEN!

Panel 6:
IHR MENSCHEN SEID GUT IM ERSINNEN VON WISSENSCHAFTLICHEN RÄTSELN! ICH HABE IM GANZEN UNIVERSUM KEINE ANDEREN WESEN GETROFFEN, DIE SO VIEL FREUDE AN FRAGEN HATTEN, AUF DIE ES VIELLEICHT GAR KEINE ANTWORTEN GIBT!

Panel 7:
LEB WOHL FÜR HEUTE... WENN ICH NEUE RÄTSEL BRAUCHE, WERDE ICH DICH ZU FINDEN WISSEN!

RECHNE MAL DAMIT, STORM!

DAS TUE ICH, ALICE!

44

SIE IST EINE **GÖTTIN! PANDARVE**, DER LEBENDE PLANET! SIE IST **ÜBERALL**!

WO IST DIESE FRAU JETZT ABGEBLIEBEN?

SIE IST EINE EINGEBILDETE TUSSI!

KEINE SORGE, ROTHAAR! PANDARVE WEISS NICHT, WAS EIN KUSS WIRKLICH SEIN KANN... ODER DASS SICH MARILYN MONROES KUSS WIE DER KUSS EINER TOILETTE ANFÜHLT... HAT ZUMINDEST TONY CURTIS BEHAUPTET!

DAS WEISSE LOCH, DAS PANDARVE UMGIBT, HAT DEN ZENTRALCOMPUTER FEST IM GRIFF. IMMER DICHTER KREIST ER UM DEN **WAHRSCHEIN-LICHKEITSHORIZONT**...

IM COMPUTER GEHT DAS LEBEN WEITER, ALS WÄRE DIE ERDE NIE VERNICHTET WORDEN...

DU BIST SO STILL, JUNGE... FEHLT DIR WAS? DU ISST NICHT GENUG!

ICH MÜSSTE GLÜCKLICH SEIN... WENN ICH NUR NICHT DAS GEFÜHL HÄTTE, DASS ER WIEDER GEWONNEN HAT!

ICH MUSS IMMER DARAN DENKEN, DASS ER NUN MIT MEINEN ELTERN ZUSAMMEN IST...

...IRGENDWO.

KOPF HOCH, FREUND STORM! DU HAST JA NOCH MICH!

UND MICH!

ENDE

Der Meister der Spiele

Techno-Väter

Albino, dessen Haut weisser ist, als Marmor je sein könnte, ist zum obersten aller Techno-Väter aufgestiegen. Er führt seine Anhänger, eine halbe Millionen an der Zahl, in ein neues Universum – ein Ziel, für das er seit seinen ersten Kindheitstagen hart gekämpft hat. Jodorowsky und Janjetov erzählen und visualisieren die Geschichte des weissen Patriarchen aus den virtuellen Welten: Mehr als nur ein Geheimtipp – **purer SciFi-Kult!**

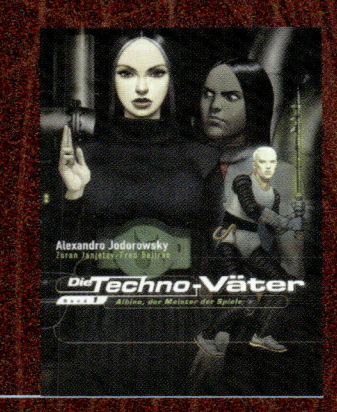

Band 1:
Albino, der Meister der Spiele
48 Seiten, HC
ISBN 3-89343-461-5
Bereits erschienen.

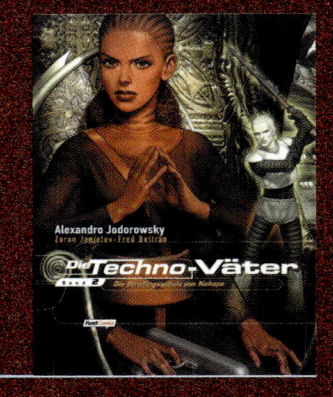

Band 2:
Die Sträflingsschule von Nohope
56 Seiten, HC
ISBN 3-89343-463-1
Bereits erschienen.

Band 3:
Planeta Games
56 Seiten, HC
ISBN 3-89343-464-X
Bereits erschienen.

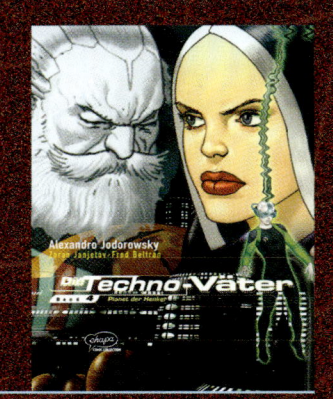

Band 4:
Der Planet der Henker
56 Seiten, HC
ISBN 3-89343-465-8
Erscheint im März 2003.

je € 11,70 [D] / € 12,10 [A] / sFr 22.80

ehapa
COMIC COLLECTION

www..ehapa.de